句集 海の音

友岡子郷

朔出版

海の音　目次

装丁　トリプル・オー

句集　海の音

二〇一二年（平成二十四年）

病身やすみれはすみれいろに咲き

勿忘草ひとむら馬の水場なる

かのときの勿忘草も小雨降る
そのことは苗田の水輪ほどのこと

雲に触れむと首のばす春の馬

並足のつづくかなたに揚げ雲雀

節食の日々のいつより春の蟬

研ぐべきはみな研ぎ了へし立夏かな

喉もとのさびしき雨の雨蛙

空の奥にも空ありて五月の木

沖縄復帰日雨靄に島見えず

乗馬靴磨けり野ばら映るほど

高齢の高さに朴の花蕾

どの家の川戸《かと》にも河鹿鳴き澄めり

福田甲子雄を偲ぶ

天真の竹落葉降りやまぬなり

遠野語部竹落葉ふるやうに

燕みな巣立ちて土の椀のごと

継ぎはぎの板の馬屋に植田冷え

いつかむかしの青空今年竹仰ぎ
星のごと玻璃に映る灯さくらんぼ

藁馬の尾に籾ついて夕焼中

「椰子会」解散

水中花わがことのみの机とす

広島　六句

氷水原爆ドーム灯に浮かび

流れ藻のごとき被爆衣夏夕日

原爆図よりじんじんと油蟬

捕虫網被爆地のこと口にせず

慰霊流燈わが靴に触れむとす

かなかなや同い年なる被爆の死

海の夕陽にも似て桃の浮かびをり

産屋跡秋の七草いくつ咲く

鈴虫を飼ひ晩節の一つとす

父もまたひとりの離郷法師蟬

蟬から虫へ道辻の一木も

いつまでのふたりか紫苑咲きにけり

落鮎や半畳ほどの濯ぎ石

良夜なりときをり潮を噴く貝も

一輪のごとく鷺立つ秋彼岸

琵琶塚に秋の蚊の声かそかにす

青石榴雲阻むものの空になし

秋祭近づく白き波累《かさ》ね

陽をはじきつつ石橋に石たたき

雄ごころは檣《ほばしら》のごと暮れ易し

歩みのろくなりたる象も落葉どき

冬満月弾むほど濤寄せきたる

松島

みちの果てにもみちありて帰り花

二〇一三年（平成二十五年）

漁と農たがふ家《いへ》形《がた》初明り

白波へ向かひ組始めかな

初凪や隠れ礁《いくり》に魚影群れ

家風の吹きくる薺摘みにけり

手毬唄あとかたもなき生家より

春めきしものに家鴨の黄の嘴《はし》も

どの波も春の瞬《まばた》き乳母車

浜石のどれもまどかに南吉忌

春の月良書に出会ひたるごとく

埴輪の馬は夕朧より来たりけり

帰漁一笛たんぽぽの絮とばす

亡き友に風の吹きくるうまごやし

あをぞらになほ青足せと石鹼玉

野ぼたんに雨ふる孤りごころかな

海ほほづきも月の出を待ちゐたり

医へ通ふとき白靴を選びけり

鞍に置く泰山木の花ひとつ

音といふもの薔薇になし雲になし

海見てをり氷苺のゆるむまで

世を隔てたるひとと枇杷むきにけり

時を経て悲喜うすれゆくゆすらうめ

かのひとの海の絵よりの南風

父の軍歴山百合の数ほどか
向き合うて別れのさまに梅雨の薔薇

六道の辻の片陰みじかけれ

回想の一つに夏の怒濤あり

遠蜩いまひたきはどの朋《とも》か
桔梗やひとり欠ければ孤りの家

秋海棠雲にも息《やす》むときのあり

冬の日の白帆栞のごとく見ゆ

壺の鶴首ほどにさみしき霰の日

弔電の束の向うに冬の波

文手渡すやうに寄せくる小春波

みづから灯りゐる臘梅の夕べかな

凍蝶に海はひとときさらめくも

二〇一四年（平成二十六年）

一月の雲の自浄の白さかな

数の子を噛みつつ不帰を思ひをり

師の書斎今は冬日の差すばかり

龍太句碑笹鳴を待つごとくあり

真闇経て朝は来るゆりかもめにも
ひとつづきの生を継ぎきて雪間草

それぞれの春の日なたに鳩と鴨

馬の背の花びら風に入れ替る

置きどころなく児を抱いて春の磯

天守聳つ町のはづれに桜貝

花は葉に鳥の屍に土ひとにぎり
処方箋一枚に南風吹く日なり

セルの背にひとひらの雲寄りくるや

青葉木菟慰めがたき一事にて

けふはけふの雲ながれゐる苗運び

百合咲ける家々を過ぎ山の百合

牛蛙流れ遅れの雲を呼び
とうすみや川屋は石地残すのみ

源五郎荷を出し入れの裏川に

枝蛙一《いち》麦《ばく》寮《れう》のこと知るや

一麦寮＝田村一二創設の障害者支援施設

揚げ窓に馬の目並ぶ白雨かな

飛魚《あご》一つ海難碑より高くとび

通し鴨まで巻尺を伸ばしくる

河骨の一輪に風めぐりをり

いちはやくたそがれを知り白揚羽

漁《すなど》りの唄みじかけれ月見草

一木の蟬そのほかは風に消え

足音もなく象歩む晩夏かな

はまゆふや船に遅れて波が来る

竹の物差に母の名夜の秋

草かげろふ風色となり消えにけり

青蝗《いなご》その子らの日々吾にありし

流れ距てて水蜜桃恍とあり

この朝の水音のごと桔梗咲く

箒目の先波が消す星まつり

九月一日青梨を海へ投げ

梨青し早世強ひし世のありし
うなぞこのものおどろかす秋の雷

漁船つぎつぎ秋霖の宙を来る

秋風や木馬停まれど跳ねるさま

黒葡萄ひとふさ夜の沖の色

烏瓜踏み込めば川流れゐる

かみそりの刃に水仙の光あり

二〇一五年（平成二十七年）

この世この歳薺粥熱うせよ

はるかなる白波とどき初雀

一月の天眼移る海の上

天眼＝日輪のこと。超能力、テンゲンとも

風花やいつもひとりの川漁師

春隣備長炭の火の色は
菫など咲くと小事を頼まるる

封筒の内にも春の潮のいろ

遠浅に一艘も見ず一の午

越冬つばめみづうみの舟津より
朽ちかけの木橋にさくらうぐひかな

絶壁の落椿また落ちゆけり

雲一つなきにときめく春の鵯

歳ごとに涙もろくて春の雁

魚島の季《とき》はどの子も走るなり

永き日や船の別れのそのあとも
どの家の灯にも人影鰆どき

日輪は一つ磯巾着ひらく

種鳥はいつも深藁春の雪

帰漁までまだひとときの草の笛

相愛のころの水木の咲きにけり

思ひ出は濃くなる雨のかたつむり

流れ藻に銀鱗のとぶ薄暑かな

とりどりの薔薇にいきなり水柱

父の日の船影遠くとほくなる

往き来せず櫟の蟬と櫓の蟬

たれかれと別れし絵莫蓙伸べにけり

妻の手に縫ひ針ひかる青葉木菟

夜鷹鳴くのみの小さき最寄駅

盆のひと青海原を置きて去る

夭折なれば

母を知らねば美しきいなびかり

流れゆく落穂を見しはわれのみか
死に泪せしほど枇杷の花の数

寒芹の水のくらきは喪のごとし

掛け大根より白波の船現る

冬耕と遠会釈せしのみの日か

亡きは亡けれど冬ひばり上がりけり

灯ともして灯のいろとなる朱欒の実

落葉へ落葉かの木地師見ずなりぬ

木の葉髪ひとの離合のままならず

数へ日の銀に跳ねしは何魚か

寒玉子遠海鳴りを聴くごとし

武士のごと寒月明に樅立てり

一湾の夕日や牡蠣の旬終り

かのひとも風となりしか寒椿

二〇一六年（平成二十八年）

群鷗の濡れ翼春立ちにけり

春寒の鱗めく星檣にふる

さよならと板書せしころ梅のころ

刷きゐたる馬の毛雪解谷へとび

月明の蓬の風呂を立てにけり

芹の水ふと面影のながれ去る

眼張釣いつか夕日の帯の中

折からの雨の重みの浅蜊売

島に残る湯屋の煙突小鳥去る

鳶の輪のひろやかな日の白子干

友の訃ははるけき昨日きんぽうげ

震災の精霊なりし緋桃咲く

まだ残る瓦礫のうへを春の鵜
咲きそめしヒヤシンスあり余生あり

波一つまた波ひとつ桜貝

かくれみのの木の根元より初蛙

子らに子のいくたり生れしさくらかな

叱られてさくらのいろの夕まぐれ

教壇は果てなき道か春の蟬

国禁となりしこの書に花散り来

浜防風ひと日の疲れ夕日にも
魚籠《びく》いくつ編んで八十八夜かな

灌仏に島門《しまと》の潮のきほひつつ
箱をひらけば夏柑と海の音

金魚玉海の落暉のごとくあり

朝の漱ぎに桐の花咲きゐたり

これからは大空のとき白揚羽

鉄砲百合一花は海の日をまとも

余り苗なぞや亡きひと想はるる

四十雀去れば夕澄む枝ばかり

緑愁やたれにも会はぬ森のみち

大雷雨盲導犬は床に伏し

葩《はなびら》のごとき水母を槽に飼ふ

破船にてどこか航きたげ雲の峯

船よりは見えざるものに女郎蜘蛛

秋思ひとときは風音か波音か

ほほづきの紅るみそめし別れかな

七夕笹遠き海鳴りいつか消え

帰燕らも大渦潮を渡りしや

船印秋の彼岸の雨に濡れ

秋の金魚一番星のごと光り

水族園寥々と虫鳴くころか

船はみなおのが水尾引き秋の中

青稲の露こぼしゆく島通ひ

仏塔より高きを帰燕つづくなり

ほのぼのと新米の香の顔にくる

木喰の仏にさくらもみぢかな

蓑虫揺るる風と風合ふところ

保つべき男ごころに雁渡し

柩送りは榧の実の風の中

小屋入れの馬らに小雪また小雪

わが齢白山茶花の咲きこぼれ

井原市　四句

悴みて父もくぐりし校門か

藪柑子父の母校の窓並ぶ

平《ひら》櫛《くし》田《でん》中《ちゅう》小春の版木積みしまま
小春日の木彫りの童女ほほゑむよ

十二月石榴は石のごとくあり

鴛《を》鴦《し》の水輪はどの水輪より蒼し

名簿より友がまた消え冬の鵙

漁夫小屋にこれからふくら雀かな

野の中の一駅ほどに日脚のぶ

臘梅に海のしののめあかりかな

浜畑に落ちゐし羽は隼《はやぶさ》か

原子炉への直路に霰また霰

冬麗の簞笥の中も海の音

句集　海の音　畢

あとがき

八十歳を超えて生きているとは、まさに望外のこと。もっと俳句に励め、という天命なのかもしれない。

句集名は『海の音』とした。海鳴り、潮風、舟の音……、今の私の生活圏内にある。

出版に際しては、過日何かと懇ろにしていただいた鈴木忍さんの「朔《さく》出版」に決めた。

句数は絞ったが、句稿が雑でご苦労をおかけした。深く謝意を表したい。

二〇一七年　青葉どき

友岡子郷

著者略歴

友岡子郷（ともおか　しきょう）

1934年(昭和9)　9月1日、兵庫県神戸市生まれ。本名、清。10代より作句。「青」「ホトトギス」を経て、1968年「雲母」に移り、約25年間、飯田龍太の選句を受く。同誌同人。また、学生時代の知己と俳句グループ「椰子会」を結成し、同人誌、アンソロジーを刊行したが、55年半後に解散。

句集に『遠方』『日の径』『未草』『春隣』『風日』『翌（あくるひ)』『葉風夕風』『雲の賦』、以上に未刊句集を含む『友岡子郷俳句集成』『黙礼』。他に自選句集二冊。

評論・エッセイ集に、『俳句　物のみえる風景』『飯田龍太鑑賞ノート』『天真のことば』『神戸の俳句』『少年少女のみなさんに　俳句とお話』など。

第1回雲母選賞、第25回現代俳句協会賞、第6回俳句四季大賞、第24回詩歌文学館賞、第6回みなづき賞、第5回小野市詩歌文学賞、兵庫県文化賞などを受賞。日本文藝家協会会員。

現住所　〒674-0065 兵庫県明石市大久保町西島994-8

句集　海の音　うみのおと

2017年9月20日　初版発行
2020年9月 1 日　3 刷発行

著　者　友岡子郷

発行者　鈴木　忍

発行所　株式会社 朔《さく》出版
郵便番号173-0021
東京都板橋区弥生町49-12-501
電話　03-5926-4386
振替　00140-0-673315
https://www.saku-shuppan.com/
E-mail　info@saku-pub.com

印刷製本　中央精版印刷株式会社

ISBN978-4-908978-04-3　C0092